COLLECTION DE M. Louis COURTIN

ANTIQUITÉS RECUEILLIES EN SYRIE

CONDITIONS DE LA VENTE

Elle sera faite au comptant.

Les acquéreurs payeront *cinq pour cent* en sus des enchères applicables aux frais.

L'expert chargé de la vente remplira les commissions des personnes qui ne pourraient y assister.

L'ordre du catalogue sera suivi ou non au gré de l'expert qui se réserve en outre le droit de réunir ou de diviser les lots.

Dans l'intérêt des collectionneurs, les prix d'adjudication seront imprimés après la vente et envoyés sur demande adressée à l'expert.

COLLECTION

DE M. LOUIS COURTIN

ANTIQUITÉS RECUEILLIES EN SYRIE

VERRES, BIJOUX EN OR, BRONZES
MONNAIES, ETC.

Vente aux Enchères Publiques

A l'Hôtel des Commissaires Priseurs, 9, rue Drouot

Salle N° 8, au Premier Étage

LES MERCREDI 29, JEUDI 30 AVRIL, ET VENDREDI 1ᵉʳ MAI 1896

à deux heures précises

EXPOSITION PUBLIQUE LE MARDI 28 AVRIL 1896

DE 1 A 5 HEURES

<table>
<tr><td>Commissaire Priseur :</td><td>Expert :</td></tr>
<tr><td>Mᵉ Maurice DELESTRE</td><td>M. Raymond SERRURE</td></tr>
<tr><td>5, RUE SAINT-GEORGES</td><td>55, RUE DE RICHELIEU</td></tr>
</table>

PARIS

I

VERRES

a) Verres en pâte multicolore.

1 Balsamaire phénicien en pâte bleue opaque incrustée de flammes en pâte blanche et jaune ; goulot à rebord ; vers le haut de la panse, deux petits oreillons simulent les anses. Haut. : 130 mm.

Voyez planche I, fig. 1.

2 Balsamaire phénicien en pâte opaque multicolore, fond jaune à marbrures bleues et vertes. Bouchon en pâte jaune. Haut. : 110 mm.

Voyez planche I, fig. 3.

3 Balsamaire phénicien en pâte opaque multicolore ; fond noir à marbrures blanches ou rouges. Haut. : 82 mm.

b) Flacons à essence en forme de fuseau.

4 Flacon à essence en forme de fuseau, pâte incolore ; irisation violette. Long. : 382 mm.

Voyez planche II, fig. 5.

5 Flacon à essence de forme analogue : belle irisation
nacrée. Long. : 213 mm.

c) *Flacons jumeaux.*

6 Flacons jumeaux en pâte bleue ; grande anse supérieure
et deux anses latérales ; filets autour des panses et
zigzags à la base. Haut. : 104 mm.

Voyez planche III, fig. 3.

7 Flacons jumeaux en pâte verdâtre ; grande anse supérieure ; zigzags en relief autour des orifices ; cordons
autour des panses. Haut. : 145 mm.

8 Flacons jumeaux en pâte jaunâtre ; grande anse supérieure et deux petites anses latérales ; filets bleus
autour des panses. Haut. : 172 mm.

9 Flacons jumeaux à trois anses ; irisation verdâtre.
Haut : 105 mm.

10 Flacons jumeaux en pâte jaunâtre à reflets dorés et à
quatre anses bleues. Haut. : 123 mm.

11 Flacons jumeaux en pâte verdâtre, à trois anses ; l'anse
supérieure est posée transversalement entre les deux
orifices ; irisation argentée. Haut. : 135 mm.

12 Flacons jumeaux à deux anses latérales coudées ; deux
filets autour des panses aux points d'attache des anses ;
magnifique irisation vert émeraude et patine argentée ;
Haut. : 105 mm.

13 Flacons jumeaux en pâte jaune ; anses latérales bleues prolongées en festons. Une des anses est cassée. Haut. : 130 mm.

14 Flacons jumeaux en pâte verdâtre ; quatre cordons festonnés descendent le long des panses. Haut. : 115 mm.

15 Flacons jumeaux à cordons festonnés latéraux. Irisation verte. Haut. : 110 mm.

16 Flacons jumeaux analogues en pâte verdâtre sans irisation. Haut. : 105 mm.

17 Flacons jumeaux en pâte incolore ; le milieu des panses entouré de cinq filets parallèles en relief ; irisation verdâtre. Haut. : 95 mm.

18 Flacons jumeaux à cordons festonnés latéraux en pâte verdâtre. Haut. : 117 mm.

19 Flacons jumeaux en pâte incolore ; le col est entouré d'un cordon en zigzag ; un filet s'enroule en spirale autour des panses. Patine blanche avec irisation nacrée. Haut. : 119 mm.

20 Flacons jumeaux analogues en pâte jaunâtre. Haut. : 101 mm.

21 Flacons jumeaux analogues en pâte incolore. Patine blanche nacrée. Cassure aux festons qui entourent le col. Haut. : 120 mm.

22 Flacons jumeaux en pâte d'un beau vert émeraude ; une petite anse latérale. Haut. : 105 mm.

23 Flacons jumeaux ; cordons en zigzag aux orifices ; filet en spirale autour des panses. Pâte incolore avec irisation nacrée. Haut. : 115 mm.
Une baguette en ivoire est jointe aux flacons.

24 Flacons jumeaux ; cordon en zigzag, partiellement brisé. autour du col. Belle irisation vert émeraude. Haut. : 124 mm.

25 Flacons jumeaux en pâte jaunâtre ; festons autour des orifices. Haut. : 104 mm.

26 Flacons jumeaux en pâte verdâtre ; cordon en zigzag autour des orifices ; filet en spirale autour des panses. Haut. : 100 mm.

27 Flacons jumeaux en pâte jaune ; zigzags aux orifices ; filet en spirale sur les panses. Haut. : 110 mm.

28 Flacons jumeaux analogues en pâte verte ; belle irisation bleue. Haut. : 105 mm.

29 Flacons jumeaux analogues, bien irisés. Haut.: 120 mm.

30 Flacons jumeaux analogues ; irisation nacrée. Haut. : 103 mm.

31 Flacons jumeaux analogues ; goulot brisé ; irisation verdâtre. Haut. : 125 mm.

32 Flacons jumeaux analogues en pâte incolore ; belle irisation nacrée. Haut. : 100 mm.

33 Flacons jumeaux ; cordon en zigzag, partiellement brisé. autour de l'orifice ; filets en spirale sur les panses. Irisation verte. Haut. : 110 mm.

34 Recipient formé de quatre flacons tubulaires en pâte verdâtre réunis en faisceau ; filets autour des panses ; un des goulots est cassé ; irisation argentée. Haut. : 123 mm.

d) *Fioles et Flacons simples.*

35 Fiole phénicienne en pâte noire opaque ; panse piriforme ; goulot étroit. Haut. : 114 mm.

36 Petite fiole phénicienne primitive de forme cylindrique, s'évasant vers le bas ; pâte noire et verte opaque. Haut. : 48 mm.

37 Fiole phénicienne primitive ; pâte verte ; irisation nacrée. Haut. : 160 mm.

38 Fiole phénicienne primitive ; pâte vert émeraude. Haut. : 110 mm.

39 Fiole cylindrique à base arrondie ; pâte verdâtre. Haut. : 97 mm.

40 Fiole cylindrique à goulot court ; pâte verdâtre à irisation bleue. Haut. : 120 mm.

41 Fiole cylindrique à goulot court ; pâte verdâtre à irisation violette. Haut. : 128 mm.

42 Flacon analogue. Haut. : 115 mm.

43 Fiole analogue à panse plus large ; pâte verdâtre à irisation nacrée. Haut. : 120 mm.

44 Fiole analogue ; pâte verdâtre. Haut. : 110 mm.

45 Fiole cylindrique s'élargissant à la base ; pâte incolore, irisation verte. Haut. : 130 mm.

46 Petite fiole en pâte bleue; panse ovoïde avec goulot
   droit. Haut. : 98 mm.

47 Fiole en pâte incolore; irisation argentée; forme analogue
   à la précédente. Haut. : 112 mm.

48 Petite fiole à panse piriforme et à goulot étroit; pâte
   brune. Haut. : 90 mm.

49 Fiole analogue, nuance verte et brune. Haut. : 112 mm.

50 Fiole analogue, le goulot plus étroit; irisation verte.
   Haut. : 110 mm.

51 Fiole à panse piriforme, en pâte incolore; irisation
   verte. Haut. : 110 mm.

52 Fiole en pâte jaunâtre. Haut. : 105 mm.

53 Petit flacon en pâte verte, la panse se terminant en cône
   tronqué; goulot court à rebord. Haut. : 150 mm.

54 Fiole tubulaire à pied; pâte incolore; belle irisation
   nacrée. Haut. : 140 mm.

55 Petite ampoule phénicienne prmitive, en pâte opaque
   de nuance verte; panse sphérique; large goulot à
   rebord. Haut. : 66 mm.

56 Flacon phénicien en pâte incolore; panse conique; cassure au rebord du goulot. Haut. : 105 mm.

57 Flacon phénicien en pâte verdâtre; panse ovoïde; patine
   argentée. Haut. : 118 mm.

58 Flacon en pâte incolore; panse sphérique; col légèrement bombé; irisation nacrée. Haut. : 108 mm.

59 Flacon en pâte jaune ; panse sphérique ; large col sans rebord. Haut. : 120 mm.

60 Petit flacon à panse piriforme et goulot étroit ; pâte verdâtre ; patine blanche. Haut. : 120 mm.

61 Flacon à panse conique ; pâte verdâtre ; irisation nacrée. Haut. : 111 mm.

62 Bouteille à panse pomiforme et à long goulot, en pâte jaune vert. Haut. : 157 mm.

63 Flacon en pâte incolore ; panse pomiforme et long col ; irisation bleuâtre. Haut. : 124 mm.

64 Flacon à panse pomiforme ; long col ; pâte incolore ; irisation bleue. Haut. : 113 mm.

65 Flacon à panse sphérique et à long col ; pâte jaune ; irisation nacrée. Haut. : 95 mm.

66 Flacon à panse sphérique, long col à petit rebord ; pâte incolore. Haut. : 120 mm.

67 Flacon à panse cylindrique et long col ; pâte verdâtre ; irisation argentée. Haut. : 118 mm.

68 Flacon à panse piriforme et large goulot sans rebord ; pâte verdâtre ; sans irisation. Haut. : 147 mm.

69 Flacon à large panse sphérique ; goulot sans rebord ; pâte incolore irisée. Haut. : 105 mm.

70 Flacon analogue ; belle irisation argentée. Haut. : 105 mm.

71 Flacon à panse piriforme ; pâte incolore ; irisation verdâtre. Haut. : 110 mm.

72 Beau flacon phénicien à panse sphérique; pâte jaune or rehaussée de marbrures de pâte blanche opaque; irisation nacrée. Haut. : 142 mm.

Voyez planche V, fig. 4.

73 Petite fiole en pâte bleue; panse large et conique; goulot étroit à rebord. Haut. : 75 mm.

74 Petite fiole en pâte bleue semi-opaque. Haut. : 32 mm.

75 Bouteille à panse sphérique; goulot droit sans rebord; pâte incolore à irisation argentée. Haut. : 100 mm.

76 Bouteille à panse piriforme; goulot à rebord; pâte incolore à irisation argentée. Haut. : 170 mm.

77 Flacon à panse sphérique; pâte incolore à patine nacrée. Haut. : 94 mm.

78 Fiole piriforme à goulot sans rebord; pâte incolore; irisation verdâtre. Haut. : 130 mm.

79 Flacon à panse cylindrique et col étroit; pâte incolore. Haut. : 100 mm.

80 Bouteille en pâte incolore; irisation nacrée. Haut. : 94 mm.

81 Flacon à panse piriforme; col long et étroit; irisation verdâtre. Haut. : 140 mm.

82 Flacon à panse piriforme; col étroit à rebord; pâte verdâtre à irisation nacrée. Haut. : 110 mm.

83 Flacon à panse piriforme; goulot sans rebord; irisation à reflets roses. Haut. : 130 mm.

84 Fiole de forme élancée; la panse en fuseau; pâte incolore; irisation argentée. Haut. : 160 mm.

85 Bouteille à panse piriforme; pâte verdâtre. Haut. : 155 mm.

86 Flacon à panse pomiforme; long col à rebord; pâte verdâtre; légère irisation. Haut.: 140 mm.

87 Flacon à panse sphérique; petit goulot étroit; pâte incolore à irisation nacrée. Haut. : 100 mm.

88 Flacon à large panse se rétrécissant vers le bas; pâte verdâtre avec belle irisation argentée. Haut. : 130 mm.

89 Bouteille à panse piriforme; col à bec; pâte incolore avec légère irisation. Haut. : 110 mm.

90 Flacon en pâte de nuance miel; panse sphérique; col étroit et très long. Haut. : 405 mm.

91 Flacon à panse ronde et très aplatie; col long et étroit; la forme générale de l'objet rappelle celle d'un chandelier. Pâte verdâtre. Haut. : 187 mm.

92 Flacon de forme analogue; pâte verdâtre. Haut. : 187 mm.

93 Bouteille en pâte verdâtre; panse large et écrasée; goulot long et droit; belle irisation bleue. Haut. : 180 mm.

94 Grande fiole en pâte verdâtre; panse piriforme élancée posée sur un petit pied. Haut. : 245 mm.

95 Bouteille en pâte jaune vert; large panse à épaules surélevées; ornementation gravée; large goulot à rebord. Haut. : 130 mm.

96 Bouteille en pâte verte avec belle irisation nacrée ; panse en forme de cloche ; col élancé avec rebord. Haut. : 167 mm.

97 Bouteille de forme analogue ; pâte incolore ; le rebord du goulot contient un liquide incolore. Haut. : 190 mm.

98 Petite ampoule à panse hémisphérique ; petit goulot à rebord ; pâte verdâtre. Haut. : 34 mm.

99 Petite ampoule de forme analogue ; pâte incolore, irisation vert émeraude. Haut. : 53 mm.

100 Ampoule de forme analogue ; pâte incolore. Haut. : 60 mm.

101 Ampoule en pâte nuance lie de vin ; irisation nacrée. Haut. : 90 mm.

102 Ampoule en pâte bleue ; panse sphérique ; large col sans rebord. Haut. : 90 mm.

103 Fiole en pâte rouge irisée. Haut. : 105 mm.

c) Fioles et Flacons ornés.

104 Balsamaire en forme d'amphore sans anses, en pâte bleue translucide ; la panse ornée de lignes parallèles gravées. Haut. : 100 mm.

Ce bel objet est accompagné d'une aiguille de verre bleu avec chas lancéolé.

Voyez planche II, fig. 3.

105 Bouteille en verre incolore ; panse sphérique ; long col droit sans ourlet à l'orifice, entouré d'un cordon en spirale ; belle irisation nacrée à reflets verts et azurés. Haut. : 190 mm.

106 Bouteille à panse piriforme et large goulot sans rebord ; parois en torsade ; pâte verdâtre ; belle irisation nacrée. Haut. : 116 mm.

107 Fiole de forme élancée ; panse à dépressions symétriques ; pâte incolore ; irisation. Haut. : 145 mm.

108 Petit flacon à panse cannelée ; pâte verdâtre ; patine blanche. Haut. : 74 mm.

109 Flacon à long col, en pâte bleuâtre ; panse ornée de nervures et s'élargissant vers la base. Haut. : 210 mm.

110 Flacon en pâte couleur miel ; base hexagonale à décors estampés sur laquelle s'élève une panse en torsade ; goulot cassé. Haut. : 132 mm.

111 Flacon en pâte incolore ; panse à plusieurs dépressions ; goulot court s'ouvrant en entonnoir ; irisation verdâtre. Haut. : 77 mm.

112 Flacon à panse cylindrique ornée de reliefs réticulaires ; col allongé brisé à l'orifice ; pâte verdâtre. Haut. : 146 mm.

113 Ampoule en pâte bleue ; panse pomiforme ; cannelures en spirales de l'orifice du goulot à la base. Haut. : 70 mm.

Voyez planche V, fig. 2.

114 Ampoule en pâte bleue semblable à la précédente. Haut. : 80 mm.

115 Petit flacon en forme de figue de Barbarie ; goulot brisé ; pâte incolore, patine blanche. Haut. : 84 mm.

116 Balsamaire en pâte incolore ; plusieurs cordons en
pâte verdâtre partent de l'orifice et se réunissent
autour du collet. Irisation nacrée. Haut. : 138 mm.

Voyez planche II, fig. 2.

117 Balsamaire ; ruban en zigzag, partiellement brisé, autour de l'orifice ; irisation verdâtre. Haut. : 130 mm.

118 Balsamaire ; ruban en zigzag autour de l'orifice et filet
en spirale sur le col ; pâte verdâtre. Haut. : 127 mm.

119 Balsamaire ; cylindre tors s'élevant sur une base ronde
et plate ; deux petites anses latérales à l'orifice. Belle
irisation argentée. Haut. : 125 mm.

120 Balsamaire en pâte verdâtre ; panse cylindrique à pied ;
deux anses latérales ; cordon en spirale autour de la
panse ; irisation nacrée. Haut. : 115 mm.

121 Balsamaire en pâte verdâtre ; cordon en zigzag. autour de l'orifice. et cordon en spirale sur la panse ;
irisation verte. Haut. : 100 mm.

122 Balsamaire à deux anses ; pâte verte ; patine blanche.
Haut. : 113 mm.

123 Balsamaire analogue ; pâte verdâtre. Haut. : 130 mm.

124 Balsamaire en pâte jaune d'ambre ; deux anses ; fils
jaunes enroulés. Haut. : 115 mm.

125 Balsamaire cannelé à deux anses ; pâte incolore. irisation argentée. Haut. : 113 mm.

126 Autre balsamaire à pied et à deux anses ; belle irisation
azurée. Haut. : 116 mm.

127 Amphorisque à deux anses coudées; cordon autour du
col; pâte verdâtre avec irisation nacrée. Haut. :
140 mm.

Voyez planche II, fig. 1.

128 Flacon en forme de gourde à deux anses; panse aplatie
et cannelée; filet autour du goulot : pâte jaune
d'ambre avec irisation verdâtre. Haut. : 164 mm.

Voyez planche V, fig. 1.

129 Flacon en pâte jaune à deux anses coudées en pâte
bleue; les points d'attache et les saillies des anses
sont ornés de petites boules. Haut. : 154 mm.

130 Flacon en pâte verdâtre, à deux anses bleues; cordonnets bleus sur la panse et autour du col. Haut
142 mm.

Voyez planche IV, fig. 2.

131 Flacon en pâte verdâtre, à deux anses bleues et à pied
autour du col et de la panse, cordonnets bleus enroulés. Haut. : 133 mm.

Voyez planche I, fig. 2.

132 Flacon à deux anses; cordon au collet et zigzags en
relief autour de la panse; belle patine argentée.
Haut. : 108 mm.

Voyez planche I, fig. 5.

133 Petite ampoule à deux anses; pâte rougeâtre avec
irisation nacrée. Haut. : 84 mm.

134 Flacon en pâte jaune clair à deux anses coudées en
pâte bleue; col élancé; dépressions symétriques en-
tourant la panse à la partie la plus saillante. Irisation. Haut. : 165 mm.

135 Flacon en pâte verdâtre à deux anses bleues coudées;
panse allongée et partiellement cannelée; zigzags
bleus autour de l'orifice; fils bleus autour du goulot.
Irisation nacrée. Haut. : 175 mm.

136 Ampoule en pâte bleue translucide à deux anses coudées; panse entourée de dépressions obliques; irisation verdâtre. Haut. : 80 mm.

137 Ampoule en pâte jaune à deux anses; panse côtelée;
irisation verte. Haut. : 95 mm.

138 Verre en pâte noire opaque; panse ovoïde de l'un des
côtés de laquelle part un goulot étroit à orifice trilobé; cassure au goulot. Haut. : 75 mm.; larg. :
65 mm.

139 Ampoule à large col; panse à dépressions symétriques;
pâte verdâtre. Haut. : 63 mm.

140 Petit flacon en forme de tête barbue; pâte blanche
opaque avec application de petites perles brunes
pour la barbe, roses pour les lèvres et bleues pour
les yeux; le goulot est brisé et manque. Haut. :
60 mm.

Voyez planche III, fig. 2.

141 Flacon en pâte verdâtre formé de deux masques imberbes accolés; goulot à rebord. Haut. : 87 mm.

Voyez planche II, fig. 4.

142 Flacon phénicien en forme de bœuf; pâte verdâtre.
Haut. : 90 mm.; long. : 145 mm.

Cet objet a été trouvé à Sidon. Voyez planche III,
fig. 4.

143 Petit flacon en pâte blanche opaque, verrerie dite juive;
panse hexagonale ornée de petits sujets en relief.
Haut. : 85 mm.

Voyez planche IV, fig. 4.

f) Œnochoés. etc.

144 Œnochoé en pâte rose ; anse coudée, rebord et cordon autour du col. en pâte verte. Haut. : 141 mm.

Voyez planche IV. fig. 1.

145 Œnochoé en pâte verdâtre ; anse à double torsion ; cordon circulaire au collet ; irisation azurée. Haut. : 140 mm.

146 Œnochoé en pâte incolore ; anse verte arquée ; double cordon circulaire au collet. Haut. : 163 mm.

147 Vase à anse. en pâte bleue ; cordon autour du col. Haut. : 145 mm.

Voyez planche III. fig. 1.

148 Œnochoé en pâte bleue ; panse hexagonale couverte de moulures en réseau ; cordon autour du col. Haut. : 110 mm.

Voyez planche I. fig. 4.

149 Œnochoé en verre bleu orné de dessins en relief ; l'anse est brisée ; patine blanche argentée. Haut. : 100 mm.

150 Vase en pâte verdâtre ; anse à double torsion ; filets en relief sur le goulot ; orifice sans bec ni rebord ; irisation nacrée. Haut. : 87 mm.

151 Œnochoé en pâte jaunâtre ; anse coudée verte et anneau de même nuance autour du col ; belle irisation argentée. Haut. : 105 mm.

152 OEnochoé à goulot trilobé; anse coudée; fils en relief autour du col; pâte incolore avec belle irisation argentée. Haut. : 87 mm.

153 OEnochoé en verre incolore, à irisation verte. Haut. : 160 mm.

154 Vase de forme élancée en pâte jaune d'ambre; anse recourbée; ruban en verre bleu sur le col. Haut. : 130 mm.

155 OEnochoé en pâte verdâtre; le rebord de l'orifice et l'anse sont en pâte bleue; les parois de la panse sont couvertes dans leur partie inférieure de plusieurs rangées de dépressions symétriques imbriquées. Haut. : 85 mm.

156 OEnochoé de forme très élégante, en pâte incolore; anse verte se prolongeant le long de la panse, en double feston; deux cordons verts entourent le col et servent d'appui à l'anse. Haut. : 130 mm.

157 OEnochoé à panse cannelée; pâte de nuance olive, sans irisation. Haut. : 260 mm.

g) Vases divers.

158 Vase à panse pomiforme en pâte incolore; l'orifice du col est entouré d'une série de petites anses coudées, en pâte bleue, qui s'appuient sur l'épaule du vase. Haut. : 68 mm.

Voyez planche V, fig. 3.

159 Vase pomiforme à quatre anses coudées; très belle irisation argentée à reflets verts. Haut. : 105 mm.

160 Bol en pâte incolore ; filet sur le bord ; belle irisation argentée. Haut. : 110 mm.; diamètre : 152 mm.

161 Vase à deux anses ; pâte jaunâtre, belle irisation. Haut. : 85 mm.

162 Vase à une anse; pièce cassée ; pâte incolore à irisation nacrée. Haut. : 73 mm.

163 Coupe en pâte jaune d'ambre, avec irisation nacrée. Haut. : 34 mm.; diam. : 118 mm.

164 Verre à boire en forme de cloche, sans pied ; pâte jaune. Haut. : 77 mm.

165 Patère côtelée en pâte vert de mer très compacte. Haut.: 40 mm. ; diam. : 145 mm.

Voyez planche IV, fig. 3.

166 Petit bol en pâte verdâtre. Haut. : 60 mm.

h) *Objets divers.*

167 Baguette torse surmontée d'un anneau ; pâte verdâtre. Long. : 213 mm.

168 Bracelet en pâte multicolore opaque ; fond noir avec taches rouges et vertes. Diam. : 97 mm.

169 Bracelet en pâte bleue ; irisation verte et rose. Diam. : 73 mm.

170 Bracelet en pâte incolore ; patine blanche. Diam. :
68 mm.

171 Bracelet tors en pâte noire opaque. Diam. : 65 mm.

172 Cinq bracelets en pâte jaune ou verte. Diam. moyen :
85 mm.

II

BIJOUX EN OR

a) *Parure funéraire.*

173 Parure funéraire en or, provenant d'une sépulture de
jeune fille, découverte à Sidon, et composée de huit
pièces :

1* Masque ; haut. : 148 mm. ; larg.: 125 mm.
2 Bandeau ; long. : 164 mm.; larg.: 43 mm.
3 Bracelet orné de petits dauphins juxtaposés. Diam. :
55 mm.
4* Plaque ronde ornée de sept alvéoles dont trois
renferment encore des émeraudes égyptiennes. Diam.:
42 mm.
5* Collier formé de 15 émeraudes égyptiennes taillées à
facettes. Long. : 279 mm.
6 Bague avec chaton orné d'une émeraude égyptienne
en cabochon.
7 Bague avec chaton ajouré orné d'un onyx.
8 Bague avec chaton ajouré orné d'une émeraude et
d'un onyx.
Les objets marqués d'un astérisque sont reproduits sur
la planche VII, fig. 1, 2 et 3.

b) *Bagues.*

174 Bague en or. Le chaton porte une intaille en onyx
représentant une tête laurée de Jupiter ; ornements
granulés de chaque côté de la pierre.

175 Bague en or. L'anneau est ciselé en forme de couronne ; le chaton orné d'une pierre noire représentant un rameau fleuri.

Voyez planche VI, fig. 0.

176 Bague en or formée de quatre anneaux reliés par de petites boules ; le tour extérieur est taillé à facettes ; les chatons sont ornés alternativement d'un grenat et d'une émeraude ; une de celles-ci manque.

Voyez planche VI, fig. 6.

177 Bague en or. Chaton en relief orné d'une intaille en cornaline représentant deux poissons.

178 Bague en or. Anneau granulé étroit ; petit chaton ovale avec intaille rouge représentant Éros.

179 Bague en or. Chaton orné d'une intaille jaune représentant un taureau cornupète surmonté d'un croissant.

180 Petite bague en or. Chaton orné d'une intaille rouge représentant une tête de femme.

181 Bague en or. Anneau simple avec grenat en cabochon serti en losange.

182 Bague en or. Chaton orné d'une intaille en cornaline représentant une petite tête d'homme ; ornements granulés aux côtés du chaton.

183 Bague en or. Anneau massif orné d'une intaille en améthyste représentant une tête de femme, peut-être Julia Domna.

184 Bague en or trouvée à Sidon. Chaton ajouré orné de deux petits grenats en cabochons.

185 Petite bague en or trouvée à Byblos. Anneau simple à pierre rouge.

186 Bague en or trouvée à Byblos. Anneau simple avec grand chaton orné d'une pierre noire qui représente un aigle tenant une couronne dans le bec.

187 Petite bague en or trouvée à Byblos. Anneau simple avec petit grenat en cabochon.

188 Bague en or trouvée à Byblos. Ce chaton est orné d'une intaille en grenat représentant le buste ailé d'Hermès.

189 Bague en or trouvée à Byblos. Anneau ciselé en couronne de laurier ; chaton carré orné d'un grenat.

190 Bague phénicienne en or. très massive, avec onyx. Poids : 31 gr. 5.

La monture paraît moderne.

191 Petite bague en or massif portant sur le chaton une ancre gravée en creux. Trouvée à Byblos.

192 Bague en or trouvée à Byblos, identique à la précédente.

c) *Diadème funéraire.*

193 Diadème funéraire en or formé d'un médaillon ovale en onyx auquel viennent s'attacher deux rubans en or estampés, représentant des têtes en regard. Long. : 157 mm.

Voyez planche VI, fig. 4.

d) *Boucles d'oreille.*

194 Paire de boucles d'oreille en or trouvées à Tyr, formée de petits anneaux à cannelures.

195 Paire de petites boucles d'oreille en or trouvées à Tyr, anneaux sans ornement.

196 Paire de petites boucles d'oreille en or trouvées à Byblos; fil à cannelures.

197 Paires de petites boucles d'oreille en or ; quatre fils d'or en torsade.

198 Paire de petites boucles d'oreille en or trouvées à Byblos; ornement formé d'un fil d'or enroulé.

199 Paire de pendants d'oreille en or ; chaque pièce est formée d'un anneau avec pendentif orné de petites boules.

200 Paire de boucles d'oreille en or. Anneau auquel est suspendu un petit cône d'or chargé d'annelets en filigrane.

201 Paire de boucles d'oreille en or. Anneau orné d'une pyramide de petites boules.

     Voyez planche VI, fig. 6.

202 Paire de boucles d'oreille en or ; protome d'un veau issant d'une gaine filigranée.

     Voyez planche VI, fig. 4.

203 Paire de pendants d'oreille en or trouvés à Sidon ; chaque pendant est formé d'un ombilic auquel est suspendue une grosse boule.

204 Paire de boucles d'oreille en or ornée de boules.

205 Paire de pendants d'oreille en or trouvés à Tyr ; chaque pendant est formé d'un anneau auquel est suspendue une baguette supportant une petite pierre verte taillée à facettes.

206 Paire de grandes boucles d'oreille en or, en forme de verre à soie.

Voyez planche VI, n° 1.

207 Paire de boucles d'oreille en or trouvées à Sidon. Fil simple avec cadre carré dont l'alvéole contient une pâte de verre imitant l'émeraude.

208 Paire de boucles d'oreille en or trouvées à Sidon. Anneau avec grenat rond enchâssé dans un encadrement filigrané.

209 Paire de pendants d'oreille en or trouvés à Sidon. Ornement ovale ajouré en forme de pelte, auquel est suspendue une baguette cannelée surmontée d'un fleuron et terminée par une boule.

Voyez planche VI, fig. 3.

210 Paire de petits pendants d'oreille en or trouvés à Byblos. Anneau en fil tors avec deux boules, l'une attachée, l'autre suspendue.

211 Paire de pendants d'oreille en or trouvés à Sidon. Motif d'ornementation analogue à celui de la paire précédente, mais en plus grand.

212 Paire de boucles d'oreille scarabéoïdes en or trouvées à Sidon.

213 Paire de boucles d'oreille en or; tête d'Athéna en relief dans un encadrement étoilé.

214 Paire de pendants d'oreille en or trouvés à Sidon. Ombilic auquel est suspendue une grappe de cinq boules garnies de points symétriques en relief.

Voyez planche VI, fig. 2.

215 Paire de pendants d'oreille en or trouvés à Sidon. Anneau orné d'un grenat en cabochon: un pendentif terminé en boule est suspendu à l'anneau. A l'une des pièces le grenat manque.

216 Paire de boucles d'oreille en or; anneau avec grenat en cabochon dans un encadrement filigrané.

217 Paire de boucles d'oreille en or; grand croissant orné de dessins filigranés.

Voyez planche VI, fig. 5.

218 Paire de boucles d'oreille en or trouvées à Sidon. Pâte de verre ovale imitant le saphir sertie et surmontée d'un ombilic auquel est attaché le crochet de la boucle.

219 Boucle d'oreille en or en forme de croissant, ornée de dessins filigranés.

220 Boucle d'oreille en or représentant une divinité phénicienne ailée.

221 Boucle d'oreille en or trouvée à Sidon; pendentif conique avec dessins filigranés; une petite chaînette accompagne la boucle.

222 Boucle d'oreille en or trouvée à Tortose; anneau en torsade terminé par une tête de femme.

223 Boucle d'oreille en or trouvée à Sidon, formée d'un croissant orné de granulations représentant des grappes de raisin.

224 Grande boucle d'oreille en or trouvée à Sidon. Anneau avec ornements granulés.

225 Grand pendant d'oreille en or trouvé à Tyr. Anneau avec pendentif orné d'une pâte de verre imitant l'émeraude.

226 Pendant d'oreille en or trouvé à Sidon. Anneau avec pendentif conique granulé terminé par une boule d'or et deux perles.

227 Boucle d'oreille en or trouvée à El-Kfour. Ombilic ajouré sur lequel est attachée une pâte de verre carrée imitant l'émeraude.

228 Pendant d'oreille en or trouvé à Sidon. Anneau avec grenat auquel est suspendu un pendentif piriforme orné d'une pâte de verre imitant l'émeraude.

229 Pendant d'oreille en or trouvé à Sidon. Anneau avec pendentif à ornements granulés.

230 Pendant d'oreille en or. Anneau avec pendeloque à pierre rose recouverte de zigzags en émail blanc.

231 Boucle d'oreille en or. Anneau avec contour de petites boules.

232 Petite boucle d'oreille en or trouvée à Sidon. Anneau avec alvéole hémisphérique où la pierre manque.

233 Pendant d'oreille en or trouvé à El-Mardj. Anneau avec longue chaînette terminée par une pendeloque. Longueur totale : 96 mm.

234 Boucle d'oreille en or. Anneau tors terminé par une tête de loup.

e) *Colliers.*

235 Collier en or trouvé à Sidon, formé de dix-sept émeraudes égyptiennes alternant avec des anneaux doubles; fermoir en forme d'ombilic avec contour granulé. Long. : 345 mm.

236 Collier en or trouvé à Sidon, formé d'une longue chaîne ; fermoir en forme de roue à huit rais. de travail granulé. Long. : 370 mm.

237 Collier en or formé d'une chaîne très fine à doubles anneaux reliés par des fils. Long. : 340 mm.

f) *Pendeloques.*

238 Amulette en or. Figure portant les deux mains à la hauteur du menton; le bas du corps renfermé dans une gaine. Long. : 24 mm.

Voyez planche VI, fig. 8.

239 Cornaline ovale sertie dans un cadre d'or de travail granulé auquel sont suspendues trois pendeloques garnies de perles. Objet trouvé à Byblos.

240 Pendeloque en or avec intaille ovale en cornaline représentant le buste de Sérapis. Objet trouvé à Byblos.

241 Pendeloque massive en or en forme de croissant.

242 Amulette en onyx blanc; monture en or; travail gra-
     nulé.

243 Pendeloque trouvée à Tortose; cylindre d'onyx avec
     monture en or ajourée.

III

PIERRES GRAVÉES. ETC.

a) Cylindres.

244 Cylindre hétéen en hématite. Vénus Astarté nue, de
face, retenant des deux mains une draperie, debout
entre deux personnages; puis un oiseau, un lacs à
quatre nœuds et un lièvre. Haut. : 20 mm.

245 Cylindre hétéen en hématite, trouvé à Tyr. Vénus Astarté
nue, de face. retenant des deux mains une draperie;
dessous, un taureau debout; à gauche, personnage
debout, présentant la lance sacrée; à droite, personnage assis. tenant une coupe, accompagné de neuf
autres personnages. Haut. : 18 mm.

Voyez la figure ci-dessous :

246 Cylindre hétéen en hématite. Deux figures debout, entre

lesquelles un personnage plus petit agenouillé. Trois
lignes d'inscriptions cunéiformes. Haut. : 26 mm.

Voyez la figure ci-dessous :

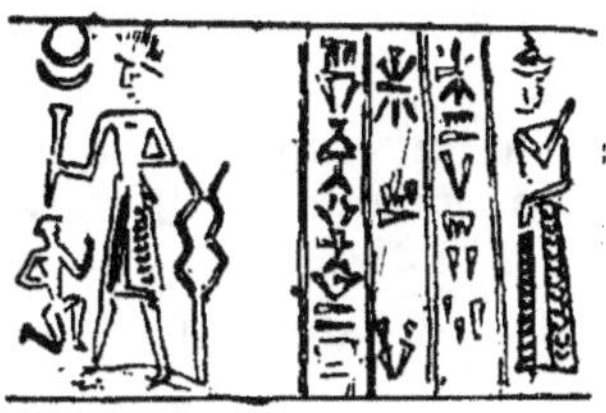

247 Cylindre hétéen en hématite. Deux personnages debout,
en regard, et trois lignes d'inscriptions cunéiformes.
Haut. : 25 mm.

248 Cylindre hétéen en hématite. Ra, le dieu du Soleil à la
tête d'épervier, coiffé du disque solaire et d'un uræus ;
devant lui, trois personnages ; puis un oiseau, un lacs
à trois nœuds et le lièvre d'Osiris. Haut. : 21 mm.

249 Cylindre hétéen en hématite. Figure assise entre deux
personnages qui lui présentent une offrande ; derrière,
le lièvre d'Osiris, un lacs à trois nœuds et un oiseau.
Haut. : 16 mm.

250 Cylindre hétéen en calcédoine. Personnage debout, au-
dessus d'un lion, entre quatre personnages également
debout. Haut. : 26 mm.

b) *Scarabées.*

251 Scarabée en cristal de roche représentant un bœuf surmonté de deux oiseaux. Style très rudimentaire.
Long. : 16 mm.

252 Scarabéoïde en cristal de roche représentant un qua-
    drupède. Long. : 12 mm.

253 Scarabée en pierre verte opaque, représentant un lion
    assis. Monture en or avec chainette. Long. : 17 mm.

254 Scarabée en cornaline foncée. Cheval paissant; au-
    dessus, le disque solaire. Long. : 12 mm.

255 Petit scarabée en cornaline. Cerf accroupi. Long. :
    12 mm.

256 Scarabée en sardonix. Personnage assis. Une ligne
    d'inscriptions phéniciennes. Long. : 28 mm.

257 Scarabée en cornaline. Figure couchée sous un sphinx
    accroupi. Long. : 23 mm.

258 Scarabéoïde en calcédoine. Personnage jetant le lazzo
    à un cerf campé devant lui. Long. : 18 mm.

259 Scarabéoïde en onyx. Ra, le dieu du Soleil à tête d'é-
    pervier assis. Long. : 13 mm.

260 Scarabée en pierre noire. Quadrupède ailé accroupi.
    Long. : 13 mm.

c) *Pierres diverses.*

261 Intaille ovale en cornaline représentant la tête tourelée
    et voilée de Tyché, formant le chaton d'une bague en
    argent dont l'anneau est perdu. Long. : 14 mm.

262 Intaille ovale en sardoine. Divinité assise sur un hip-
    pocampe et tenant l'égide. Long. : 22 mm.

263 Intaille ovale en cornaline. Pégase debout, au repos. à
    gauche. Long. : 18 mm.

264 Intaille ovale en cornaline. Buste radié et drapé d'A-
    pollon. Long. : 16 mm.

265 Camée ovale en calcédoine à deux couches; la couche
    supérieure en calcédoine saphirine représente un
    buste de femme diadémé. voilé et drapé. Long. :
    16 mm.

266 Pâte de verre noire, ovale. imitation d'intaille. Singe
    debout, tenant une fleur. Long. : 18 mm.

267 Pâte de verre verte, à stries blanches et bleues. imitant
    une intaille. Vénus et l'Amour debout. Long. :
    18 mm.

d) *Intailles à formules magiques.*

268 **IAꞶ ABPACAΞ**. Jao anguipède, à tête de coq, revêtu
    d'une cuirasse, armé d'un bouclier et d'un fléau.
    Ŗ En quatre lignes, les noms d'archanges gnosti-
    ques suivants :

MIXAH
ΛΟΥΡΙΗΡ
ΡΑΚΡΙΗΡ
ΓABAꞶ

Améthyste ovale. Long. : 28 mm.

269 Intaille ovale en cornaline portant un serpent se mor-
    dant la queue et deux inscriptions. Long. : 13 mm.

270 Scarabéoïde en calcédoine. Double inscription. Long. :
13 mm.

271 Hématite ovale. Dieu accroupi au-dessus d'un coléop-
tère; inscriptions. Long. : 20 mm.

272 Fragment d'intaille ovale, biface, en hématite. Labou-
reur conduisant deux bœufs. R∕ Inscription en deux
lignes Larg. : 29 mm.

IV

BRONZES

273 Belle statuette de Vénus Anadyomène, de style syrien.
La déesse est nue, debout, la jambe droite fléchie et
tenant dans chaque main levée une natte de cheveux;
la tête est diadémée. Belle patine verte. Haut. :
270 mm.

    Voyez planche VIII. — On y a joint un beau socle de
bronze posé sur quatre pieds de lion.

274 Dieu Bès; pied de meuble trouvé à Djebail. Haut. :
125 mm.

275 Éphèbe nu, coiffé de pampre, les jambes croisées. Objet
ayant servi de fermoir de coffret. Haut. : 163 mm.

276 Amour ailé tenant le pedum ; les pieds manquent. Bronze
trouvé à Beyrouth. Haut. : 85 mm.

277 Amour ailé à mi-corps, tenant le pedum, trouvé à
Beyrouth. Haut. : 63 mm.

278 Lion couché; poids trouvé à Sidon. Haut. : 58 mm.;
long. : 70 mm.

279 Lion couché ayant servi de fermoir de coffret. Long. :
85 mm.

280 Protome de panthère; le cou entouré d'un collier à trois pendentifs. Manche d'outil trouvé à Sidon. Haut. : 50 mm.

281 Tête de lion de très beau style; un anneau passé dans la gueule. Manche d'outil trouvé à Beyrouth. Long. : 75 mm.

282 Chèvre trouvée à Tyr. Long. : 60 mm.; haut. : 48 mm.

283 Cheval; une étoile est gravée en creux sur le poitrail et un anneau sur la croupe. Long. : 50 mm.

284 Aigle emportant un serpent qui le mord à l'aile; une aile est cassée. Objet trouvé à Beyrouth. Haut. : 78 mm.

285 Buste d'Hermès, trouvé à Damas; le haut de la tête est brisé. Haut. : 78 mm.

286 Timon de char formé d'une tête imberbe entre deux cols de cygne. Long. : 115 mm.; larg. : 155 mm.

287 Pieds de quadrupède à sabot fendu. Long. : 70 mm.

288 Autre pied de quadrupède, de forme analogue. Long. : 70 mm.

289 Lance en bronze. Long. : 253 mm.

290 Pointe de flèche en bronze. Long. : 71 mm.

291 Figure portant les mains aux oreilles, style très rudimentaire; trouvée au Liban. Haut. : 120 mm.

292 Divinité hétéenne, de style très rudimentaire; trouvée
au Liban. Haut. : 120 mm.

293 Petite divinité hétéenne, de style très rudimentaire;
trouvée au Liban. Haut. : 90 mm.

294 Cavalier, de style très rudimentaire; trouvé au Liban.
Haut. : 70 mm.

V

OBJETS DIVERS

MARBRE, OS, TERRE CUITE, ETC.

295 Vénus, le torse nu; draperie descendant de l'épaule gauche et couvrant les membres inférieurs. Statue en marbre blanc. Haut. : 30 cent.

296 Bacchus debout, tenant le thyrse et le pedum. Ivoire trouvé à Sidon. Haut. : 80 mm.

297 Manche de miroir en os, avec inscription phénicienne.

298 Tablette égyptienne en granit vert, représentant une divinité debout sur deux crocodiles. Haut. : 122 mm.; larg. : 85 mm.

299 Deux grosses perles en verre multicolore, trouvées à Sidon.

300 Amulette en verre bleu, représentant deux têtes d'Astarté janiformes.

301 Petite tête en verre violet foncé.

302 Six osselets en verre.

303 Tessère en terre cuite, trouvée à Palmyre.

304 Bague en argent; le chaton porte en creux l'image de
Vénus Astarté.

305 Vénus se tordant les cheveux. Statuette en terre cuite;
fortes restaurations. Haut. : 32 cent.

306 Déesse phénicienne assise. Statuette en terre cuite;
restaurations. Haut. : 21 cent.

307 Cheval assyrien. Terre cuite.

308 Tête de Vénus Astarté; fragment de statuette en terre
cuite.

309 Tablette en terre cuite, avec treize lignes d'inscriptions
cunéiformes. Haut. : 103 mm.

310 Lampe chrétienne à double mèche, en terre cuite.

311 Deux lampes en terre cuite.

312 Sous ce numéro, on vendra quelques objets non cata-
logués.

VI

OBJETS D'ÉPOQUES

313 Paire de pendants d'oreille en or et perles fines.

314 Lampe en bronze représentant un paon. Trouvée au
Liban. Haut. : 123 mm.

315 Lampe en bronze ; l'anse cruciforme. Trouvée au Liban.
Haut. : 80 mm.

316 Amour en or massif, tenant dans la main droite un
châtel crénelé, surmonté d'une colombe et dans la
main gauche un serpent. Joli travail vénitien du
XVIIIe siècle. Haut. : 120 mm. Poids : 251 gr.

317 Autre Amour analogue au précédent. Poids : 293 gr.

VII

MONNAIES

a) *Monnaies grecques.*

318 Moésie. *Istrus.* Deux têtes imberbes placées en sens contraire. ℞ **ΙΣΤΡΙΗ**. Aigle, à g.. sur un dauphin; dessous, **Δ**. Didrachme d'arg. TB.

319 Thrace. *Byzance.* **ΠΥ**. Taureau debout, à g., sur un dauphin. ℞ Carré creux. Drachme d'arg. Quatre pièces.

320 Macédoine. *Acanthus.* Protome de taureau, à g., se retournant. ℞ Carré creux. Triobole d'arg.

321 Rois de Macédoine. *Philippe II.* Tête laurée d'Apollon à dr. ℞ **ΦΙΛΙΠΠΟΥ**. Bige à dr.; dessous, un trident. Or. B.

322 Tête laurée et barbue à dr. ℞ **ΦΙΛΙΠΠΟΥ**. Cavalier à g. Tétradrachme d'arg. Deux exemplaires. AB.

323 *Alexandre le Grand.* Tête imberbe, coiffée de la peau du lion de Némée, à dr. ℞ **ΑΛΕΞΑΝΔΡΟΥ**. Jupiter aétophore assis, à g. Tétradrachme d'arg. Quatre exemplaires. B et AB.

324 Même pièce; le flan très large. Deux exemplaires. AB.

325 Même pièce frappée sur flan très large.

326 *Philippe III Aridée*. Tête d'Hercule jeune, à dr. ℞ ΦΙ-
ΛΙΠΠΟΥ. Jupiter aétophore assis, à g. Hémidrachme
d'arg.

327 Béotie. Bouclier. ℞ BO. Canthare; au-dessus, une
massue. Drachme d'arg. B.

328 *Thèbes*. Même type avec ΘEB. Drachme d'arg. B.

329 *Tanagra*. Bouclier béotien. ℞ TA. Protome de cheval
à dr. Hémidrachme d'arg. B.

330 Attique. *Athènes*. Tête casquée de Pallas, à dr.; l'œil
de face. ℞ AΘE. Chouette et rameau d'olivier. Tétradrachme d'arg. B. Trois exemplaires.

331 Tête casquée de Pallas Athéné, à dr.; l'œil de face.
℞ AΘE. Chouette et rameau d'olivier dans un carré
creux. Didrachme d'arg. B.

332 Rois de Bithynie. *Prusias II*. Tête de Bacchus jeune,
à dr. ℞ ΒΑΣΙΛΕΩΣ ΠΡΟΥΣΙΟΥ. Le Centaure Chi-
ron, à dr., jouant de la lyre. Br. TB.

333 Bithynie. *Chalcédon*. ΚΑΛΧ. Taureau debout, à g., sur
un épi. ℞ Carré creux. Drachme attique d'arg. TB.

334 Paphlagonie. *Sinope*. Tête tourelée de la déesse to-
pique de Sinope, à dr. ℞ ΣΙΝΩ. Aigle sur un dauphin. Didrachme d'arg. Six exemplaires cisaillés.

335 Mêmes types. Six exemplaires cisaillés.

336 Mêmes types, avec le nom du satrape Abrocomas, en
caractères araméens. Didrachme d'arg. Deux exemplaires cisaillés.

337 Types du didrachme de Sinope surfrappé sur un statère
    d'argent.

338 ÉOLIDE. *Cyme*. Tête jeune, à dr., avec une longue che-
    velure retenue par un diadème. ℞ **KYMAIΩN KAΛ-
    ΛIAΣ**. Cheval marchant, à dr.; le tout dans une cou-
    ronne. Tétradrachme d'arg. B.

339 Même pièce. B.

340 *Myrrhina*. Tête laurée d'Apollon. ℞ **MYPINAIΩN**. Fi-
    gure debout, à dr.; le tout dans une couronne. Té-
    tradrachme d'arg.

341 CARIE. *Cnide*. Protome de lion à dr. ℞ Tête d'Aphro-
    dite Euploia, à dr., dans un carré creux. Drachme
    d'arg.

342 *Rhodus*. Tête radiée du soleil de face. ℞ Fleur du ba-
    laustium. Didrachme d'arg. B.

343 Tête radiée du soleil de profil, à dr. Hémidrachme
    d'arg.

344 ROIS DE CAPPADOCE. *Ariobarzanes Ier*. Tête diadémée,
    à dr. ℞ **BAΣIΛEΩΣ APIOBAPZANOY ΦIΛOPO-
    MAIOY**. Pallas debout, à g. Drachmes d'arg. Deux
    pièces.

345 ROIS DE PERSE. *Artaxerxès Ier*. Le roi à demi agenouillé,
    à dr. ℞ Carré creux. Darique d'arg. B.

346 LYCIE. *Le satrape Tethiveibis* (vers 410 av. J.-C.). Bou-
    clier rond orné de deux coqs affrontés. ℞ Nom du
    satrape en caractères lyciens. Tétraquêtre. Le tout
    dans un encadrement carré. Statère d'arg. TB.

  Voyez planche IX, fig. 4. Le *Catalogue de la Biblio-
thèque Nationale*, par M. Ernest Babelon, ne signale que
l'hémidrachme à ce type, pl. XII, 10.

347 PAMPHYLIE. *Side*. Pallas debout, à g., tenant une Victoire; dans le champ, une grenade. ℞ Légende en caractères araméens. Apollon debout, à g., devant un autel, tenant un sceptre et une patère. Statère d'arg. B. Petit coup de cisaille n'entamant pas le type.

348 SATRAPES DE CILICIE. *Pharnabaze*. Tête diadémée de la nymphe Aréthuse, vue de face, les cheveux épars. ℞ Légende en caractères araméens. Tête casquée d'Arès, à g. Statère d'arg.

349 *Mazaios*. Baaltars assis, à g., sur un trône sans dossier. ℞ Lion dévorant un cerf, dans un carré de grènetis. Statère d'arg. Deux exemplaires cisaillés.

350 Même type, mais le lion et le cerf non placés dans un carré de grènetis. Statère d'arg. Deux exemplaires cisaillés.

351 Baaltars aétophore assis, à g. ℞ Lion dévorant un taureau, à g. Statère d'arg. Trois exemplaires cisaillés.

352 Même pièce. Huit exemplaires cisaillés.

353 Baaltars assis, à g. ℞ Protome de hyène à dr.; au-dessus, un croissant renversé. Obole d'arg. TB.

354 CILICIE. *Adana*. Buste tourelé, à dr. ℞ ΑΔΑΝΕΩΝ et noms de magistrats. Cheval à g. Br. TB.

355 *Nagidus*. Vénus assise, tenant un sceptre et une patère, et couronnée par Éros. ℞ ΝΑΓΙΔΙΚΟΝ. Hercule debout, tenant un sceptre et une grappe de raisin. Statère d'arg. cisaillé.

356 Même pièce. Deux exemplaires cisaillés; l'un porte un lion en contremarque.

357 *Olba*. **ΑΙΑΝΤΟΣ ΤΕΥΚΡΟΥ**. Tête d'Ajax. dynaste d'Olba. ℞ Foudre. Br. TB.

358 PHÉNICIE. *Aradus*. Dragon ichtyomorphe. ℞ Galère phénicienne. Tétrobole perse. de style archaïque. Arg. AB.

359 Galère avec mâture, à g. ℞ Tête barbue de face du dieu Bès. Huitième d'obole d'arg. B.

360 Buste tourelé de Tyché. à dr. ℞ **ΑΡΑΔΙΩΝ**. La Victoire debout. à g.; dans le champ, la date **AMP** (an 141). Tétradrachme d'arg. B.

361 Même pièce. Dates variées. Quatre exemplaires. B et AB.

362 Tête laurée de Zeus, à dr. ℞ M. C. Proue surmontée d'une figure d'Athena Promachos; à l'exergue. légende phénicienne. Tétrobole d'arg. B.

363 Tête laurée de Zeus, à dr. ℞ **B. C**. Même type. Tétrobole d'arg. B.

364 Autre, avec **ϵΝ** au revers. Tétrobole d'arg. B.

365 Tête de Méduse. de face. ℞ **ΘΜP** (an 149). Aplustre. Diobole d'arg. TB.

366 *Byblos*. Galère phénicienne; dessous, un hippocampe. ℞ Lion dévorant un taureau. Statère d'arg. AB.

367 *Laodicée*. Bronzes divers autonomes et impériaux. Sept pièces.

368 *Marathus*. Bronzes autonomes divers. Douze pièces.

369 Rois de Sidon. *Straton Ier*. Galère phénicienne amarrée
au pied d'une forteresse à cinq tours; à l'exergue,
deux lions adossés. R⁄ Le roi Artaxerxès II Mnemon
luttant avec un lion. Hémistatère d'arg. B.

370 *Straton II*. Galère sans voiles, à g.; au-dessus, | (an 1).
R⁄ Le roi Artaxerxès III debout, dans son char; au-
dessus, les initiales de Straton II. Double statère
d'arg.

371 Même pièce de l'an 10, frappée sous le règne de Da-
rius III Codoman.

372 Demi-sicle d'arg. aux mêmes types.

373 Sidon. Buste tourelé de Tyché, à dr. R⁄ **ΣΙΔΩΝΟΣ
ΤΗΣ ΙΕΡΑΣ ΚΑΙ ΑΣΥΛΟΥ**. Aigle, à g., sur un éperon
de navire et portant une palme sur son aile droite;
dans le champ, la date **LΘN**. Tétradrachme d'arg.
AB.

374 Même type. Didrachme d'arg. AB.

375 Rois de Tyr. Melqart à cheval, à dr., sur un hippocampe ailé; dessous, un dauphin. R⁄ Chouette. Didrachme d'arg. B.

376 Mêmes types. Dates variées. Arg. Deux pièces.

377 Mêmes types. Dates variées. Arg. Deux pièces.

378 Mêmes types. Arg. Deux pièces.

379 Tyr. Tête laurée, imberbe, de l'Héraclès Tyrien, à dr.;
la peau de lion nouée autour du cou. R⁄ **TYPOY
ΙΕΡΑΣ ΚΑΙ ΑΣΥΛΟΥ**. Aigle, à g., sur un éperon de
navire et portant une palme sur son aile droite; dans
le champ, la date **LΔ** (an 4). Tétradrachme d'arg.
TB.

380 Même pièce. Dates variées. Dix exemplaires de divers
états de conservation, la plupart B.

381 Même type. Didrachme d'arg. B et AB. Deux exemplaires.

382 Monnaies diverses de petit module, frappées dans les
villes de Phénicie. Arg. Six pièces. — Bronzes divers. Trois pièces.

383 Tétradrachme fruste de Sidon et monnaies de petit
module frappées pour la plupart dans les villes de
Phénicie. Arg. Trente-deux pièces.

384 SATRAPES DE BABYLONE. *Séleucus.* Baaltars assis, à g.
R/ Lion passant, à g.; dessus, une ancre couchée.
Tétradrachme d'arg. TB.

385 JUDÉE. L'inscription *Shekel Israël* en caractères hébraï-
ques. Calice; au-dessus, la date de l'an 2. R/ *Jerusha-
laim ha-kedoshah.* Lis à trois fleurs. Sicle d'arg. TB.

   Voyez planche IX, fig. 3.

386 Même pièce, moins belle.

387 Mêmes types, mais avec la date : an 3. Sicle d'argent.
TB.

   Voyez planche IX, fig. 2.

388 Même pièce. TB.

389 Même pièce. B.

390 Même pièce. TB.

391 Monnaies de bronze diverses. Trente-quatre pièces.

392 Rois de Syrie. *Antiochus Ier Soter*. Tête diadémée d'Antiochus, à dr. ℞ ΒΑΣΙΛΕΩΣ ΑΝΤΙΟΧΟΥ. Apollon nu, assis, à g., sur l'omphalos. Tétradrachme d'arg. Cinq exemplaires. AB.

393 *Antiochus III le Grand*. Sa tête diadémée, à dr. ℞ ΒΑΣΙΛΕΩΣ ΑΝΤΙΟΧΟΥ. Apollon nu, assis, à g., sur l'omphalos. Tétradrachme d'arg. B.

394 *Antiochus IV Épiphane*. Tête imberbe et diadémée d'Antiochus IV, à dr. ℞ ΒΑΣΙΛΕΩΣ ΑΝΤΙΟΧΟΥ ΘΕΟΥ ΕΠΙΦΑΝΟΥΣ. Zeus nicéphore assis, à g. Tétradrachme d'arg. B.

395 *Démétrius Ier Soter*. Tête diadémée de Démétrius, à dr. ℞ ΒΑΣΙΛΕΩΣ ΔΗΜΗΤΡΙΟΥ ΣΩΤΗΡΟΣ. Corne d'abondance. Drachme d'arg. B.

396 *Alexandre Ier Bala*. Sa tête diadémée à dr. ℞ ΒΑΣΙΛΕΩΣ ΑΛΕΞΑΝΔΡΟΥ ΘΕΟΠΑΤΟΡΟΣ ΕΥΕΡΓΕΤΟΥ. Apollon assis, à g., sur l'omphalos. Drachme d'arg. AB.

397 *Démétrius II Nicator*. Buste diadémé et drapé de Démétrius, à dr. ℞ ΒΑΣΙΛΕΩΣ ΔΗΜΗΤΡΙΟΥ. Aigle, à g., sur un éperon de navire et portant une palme sur son aile droite; dans le champ, une massue surmontée du monogramme de Tyr; à dr., la date ΙΞΡ (an 167). Tétradrachme d'arg. B.

398 Même pièce. Dates variées. Trois exemplaires. B et AB.

399 Même buste. ℞ Même aigle, mais dans le champ, ΣΙΔΩ et la date. Tétradrachme d'arg. Deux exemplaires. B.

400 Mêmes types. Drachme d'arg. AB.

401 *Antiochus VII Évergète*. Sa tête diadémée à dr. ℞ ΒΑΣΙΛΕΩΣ ΑΝΤΙΟΧΟΥ ΕΥΕΡΓΕΤΟΥ. Athéna Parthenos debout, à g., tenant une Victoire. Le tout dans une couronne de laurier. Tétradrachme d'arg. B.

402 Sa tête diadémée, à dr. ℞ **ΒΑΣΙΛΕΩΣ ΑΝΤΙΟΧΟΥ ΕΥΕΡΓΕΤΟΥ**. Athéna Parthenos debout, à g., tenant une Victoire. Tétradrachme d'arg. AB.

403 Tête diadémée d'Antiochus VII, à dr. ℞ **ΒΑΣΙΛΕΩΣ ΑΝΤΙΟΧΟΥ ΕΥΕΡΓΕΤΟΥ**. Victoire debout, à g. Drachme d'arg. B.

404 *Démétrius II Nicator* (2ᵉ règne). Son buste diadémé et barbu, à dr. ℞ **ΒΑΣΙΛΕΩΣ ΔΗΜΗΤΡΙΟΥ ΘΕΟΥ ΝΙΚΑΤΟΡΟΣ**. Zeus nicéphore assis, à g. Tétradrachme d'arg. Fruste.

405 *Antiochus VIII Grypus*. Sa tête diadémée à dr. ℞ **ΒΑΣΙΛΕΩΣ ΑΝΤΙΟΧΟΥ ΕΠΙΦΑΝΟΥΣ**. Zeus Ouranios nu, debout. Tétradrachme d'arg. TB.

406 Mêmes types. Tétradrachme d'arg. Fourré.

407 *Antiochus IX Cyzicène*. Tête diadémée et légèrement barbue d'Antiochus IX, à dr. ℞ **ΒΑΣΙΛΕΩΣ ΑΝΤΙΟΧΟΥ ΦΙΛΟΠΑΤΟΡΟΣ**. Athéna Parthénos deb., à g., tenant la Victoire. Tétradrachme d'arg. AB.

408 *Philippe Philadelphe*. Sa tête diadémée, à dr. ℞ **ΒΑΣΙΛΕΩΣ ΦΙΛΙΠΠΟΥ ΕΠΙΦΑΝΟΥΣ ΦΙΛΑΔΕΛΦΟΥ**. Zeus nicéphore assis, à g..Tétradrachme d'arg. B.

409 Bronzes divers des rois de Syrie. 62 pièces.

410 COMMAGÈNE. Tête d'Antiochus IV. ℞ **ΛΑΚΑΝΑΤΩΝ**. Scorpion; le tout dans une couronne. Br.

411 PARTHIA. *Vologèse IV*. Tétradrachme frappé dans le 9ᵉ mois de l'an **ΔΞΥ** (464). Arg.

412 Lot de vingt-neuf drachmes des rois parthes arsacides. Arg.

413 Monnaies barbares, imitées de celles des Parthes. Arg. Dix pièces.

414 BACTRIANE. *Eucratides*. Buste casqué à dr. ℞ **ΒΑΣΙ-ΛΕΩΣ ΕΥΚΡΑΤΙΔΟΥ**. Les bonnets des dioscures. Arg. Petit module. B.

415 ÉGYPTE. *Ptolémée Ier Soter*. Son buste diadémé, à dr. ℞ **ΠΤΟΛΕΜΑΙΟΥ ΒΑΣΙΛΕΩΣ**. Aigle sur un foudre; devant **Λ**. Or. Petit module. AB.

416 Buste de Soter, à dr. ℞ Aigle sur un foudre. Tétradrachmes d'arg. Deux exemplaires variés. B.

417 Mêmes types. Didrachme d'arg. B.

418 Même pièce. Trois exemplaires.

419 Mêmes types. Tétradrachmes d'arg. Deux exemplaires. B.

420 *Ptolémée III, Évergète Ier*. Buste radié, à dr., un trident sur l'épaule. ℞ **ΠΤΟΛΕΜΑΙΟΥ ΒΑΣΙΛΕΩΣ**. Corne d'abondance avec nimbe radié; dessous : **ΔΙ**. Or. TB.

    Voyez planche IX, fig. 1.

421 ARABIE. Imitations de tétradrachmes athéniens. Arg. Deux pièces.

422 Pièces diverses : Rhodes : des, Cragus, etc. Arg. et br. Sept pièces. B et AB.

b) *Monnaies romaines, etc.*

423 *Auguste*. Tête nue d'Auguste, à dr. ℞ COL. IVL. Colon conduisant deux bœufs, à dr. Dichalque de br. frappé à Bérytus. TB.

424 Tête nue d'Auguste, à dr. ℞ AΣ sur une proue. Petit bronze, frappé à Ascalon. TB.

425 Tête d'Auguste, laurée, à dr. ℞ SC dans une couronne. M. Br. frappé à Antioche de Syrie. B.

426 *Néron*. Médaillon d'argent frappés à Antioche sur l'Oronte. Trois pièces. cB t F.

427 M. br. frappé à Sébaste de Samarie. AB.

428 *Othon*. **ΑΥΤΟΚΡΑΤΩΡ. Μ. ΟΘΩΝ. ΚΑΙCΑΡ. CE-BACTOC**. Tête laurée d'Othon, à dr. ℞ **ЄΤΟΥC**. Aigle sur une branche de laurier. Médaillon d'arg. frappé à Antioche sur l'Oronte. TB.

429 *Vitellius*. A. VITELLIVS GERMAN. IMP. TR. P. Tête laurée de Vitellius, à dr. ℞ XV VIR. SACR. FAC. Trépied avec corbeau et dauphin. Or. Coh. 110. AB.

430 *Vespasien et Titus*. **ΑΥΤΟΚΡΑΤ. ΚΑΙCΑ. ΟΥΕCΠΑCΙΑ-ΝΟΥ**. Tête laurée de Vespasien, à dr. ℞ **ΦΛΑΥΙ. ΟΥΕCΠ. ΚΑΙC. ΕΤΟΥC. ΝΕΟΥ. ΙΕΡΟΥ**. Tête laurée de Titus, à dr.; devant : **Β** (an II). Médaillon d'arg. frappé à Antioche sur l'Oronte.

431 *Domitien*. Médaillons d'arg. frappés à Antioche sur l'Oronte. Deux pièces. TB et AB.

432 *Trajan*. Tête laurée de Trajan, sur un aigle. ℞ **ΔΗΜΑΡΧ ΕΞ ΙC ΥΠΑΤ. C**. Buste d'Hercule jeune. Arg. Petit médaillon frappé à Antioche sur l'Oronte.

433 Tête laurée de Trajan. ℞ Aigle à g., avec palme. Double denier d'arg. d'Antioche sur l'Oronte.

434 Médaillons divers frappés à Antioche sur l'Oronte. Arg. B et AB. Huit pièces.

435 *Hadrien*. Médaillons d'arg. frappés à Antioche sur l'Oronte. Quatre pièces. TB et AB.

436 *Antonin le Pieux*. IMP. CAES. T. AEL. HADR. AN-
TONINVS AVG. PIVS. P. P. Tête nue d'Antonin,
à droite. R⳨ TR. POT XV. COS. IIII. Antonin debout, à gauche, tenant un globe. Or. Coh. 964. TB.

Voyez planche IX, fig. 5.

437 *Antonin et Marc-Aurèle*. Denier d'arg. B.

438 *Marc-Aurèle*. M. AVREL. ANTONINVS. AVG. Buste
lauré et cuirassé de Marc-Aurèle, à dr. R⳨ TR. P.
XXXII. IMP. VIIII. COS. III. PP. L'Abondance debout, à g., tenant deux épis et la corne d'Amalthée;
à droite, le modius; à gauche, un vaisseau. Or.
Coh. 957. TB.

Voyez planche IX, fig. 7.

439 M. AVREL. ANTONINVS. AVG. Buste lauré et cuirassé de Marc-Aurèle, à droite. R⳨ TR. P. XXXIIII.
IMP. X. COS. III. P. P. Figure debout, à gauche,
tenant une Victoire et une enseigne. Or. TB.

La description de cette pièce ne se trouve pas dans l'ou-
vrage de Cohen. — Voyez planche IX, fig. 6.

440 Médaillon d'arg. frappé à Antioche sur l'Oronte. B.

441 *Marc-Aurèle et Lucius Verus*. Leurs têtes affrontées.
R⳨ APAΔIΩN. Zébu bondissant, à g.; dessus, la date
AKY (an 421). Dichalque de bronze frappé à Aradus. B.

442 *Lucius Verus*. Son buste nu, à dr. R⳨ YΠATOC. B. Le
mont Argée. Double denier d'arg. B.

443 *Septime-Sévère*. IMP. CAE. L. SEP. SEV. PERT.
AVG. Tête laurée de Septime-Sévère, à droite.
R⳨ VIRT. AVG. TR. P. COS. Rome nicéphore de-
bout. Or. Coh. 751. TB.

Voyez planche IX, fig. 8.

444 AVT. KAI. CEOYHPOC. Son buste lauré, à droite.
R⳨ ΔHMAPX. EΞ. YΠATOC. TO. Γ. Aigle. Médaillon
d'arg. frappé à Antioche sur l'Oronte. TB.

445 Variété de la même pièce. Moins belle.

446 *Julia Domna*. Buste de Julia Domna, à dr. ℞ COL. HEL.
Buste voilé et tourelé, à g. ; derrière, une corne d'abondance. M. br. frappé à Héliopolis de Cœlésyrie. TB.

447 *Caracalla*. Son buste lauré, à dr. ℞ ΚΑΦΥΙΑΤΩΝ.
Poseidon debout, tenant le trident. Br. frappé à Ca-
phya d'Arcadie. TB.

448 ΑΥΤ. ΚΑΙ. ΑΝΤΩΝΕΙΝΟC CΕΒ. Tête laurée de Caracalla. ℞ ΔΗΜΑΡΧ ΕΞ ΥΠΑΤΟ Γ. Aigle. Médaillon
d'arg. frappé à Antioche sur l'Oronte. TB.

449 Variétés de la même pièce. Trois pièces. B et TB.

450 *Plautille*. Vénus Victrix. Denier d'arg. B.

451 *Élagabale*. Buste lauré de Caracalla, à dr. ℞ SID. COL.
METRO. Europe sur un taureau, à dr. M. br. Su-
perbe pièce.

452 *Élagabale*. Grands bronzes frappés à Bérytus. B et TB.
Trois pièces.

453 Grands bronzes frappés à Sidon. Trois pièces. B et TB.

454 *Pescennius Niger*. Sa tête laurée, à dr. ℞ VIRTVTI
AVG. La Valeur debout. Denier d'arg. de bas titre.
Fruste.

455 *Macrin*. Son buste lauré, à dr. ℞ ΙΕΡΑC ΒΥΒΛΟΥ.
Vue à vol d'oiseau d'un temple. Grands bronzes.
Deux pièces. B et AB.

456 *Diaduménien*. Grand bronze frappé à Bérytus. TB.

457 Son buste nu, à dr. ℞ ΒΥΒΛΟΥ ΙΕΡΑC. Temple d'Astarté. M. br. frappé à Byblos. B.

458 *Gordien III*. Grand bronze frappé à Bérytus. TB.

459 *Gordien III et Tranquilline*. Grand bronze frappé à Singara de Mésopotamie.

460 *Hostilien*. Médaillon de potin frappé à Antioche sur l'Oronte. TB.

461 *Gallien*. Grand bronze frappé à Bérytus. TB.

462 *Salonine*. Grand bronze frappé à Bérytus. B.

463 *Dioclétien*. IMP. C. C. VAL. DIOCLETIANVS AVG. Buste lauré, drapé et cuirassé de Dioclétien, à droite. ℞ FATIS VICTRICIBVS. S. C. Les trois Fortunes debout. Or. Coh. 57. FDC.

   Voyez planche XI, fig. 9.

464 *Jean Ier Zimiscès*. + Ιωατ᾽, etc., en cinq lignes. ℞ Croix portant, au centre, un médaillon au buste de Jean Zimiscès. Arg.

465 Médaillons divers frappés à Antioche sur l'Oronte sous Galba, Vespasien, Domitien, etc. La plupart de conservation secondaire. Arg. Huit pièces.

466 Série de cinquante et un médaillons en argent de bas titre et potin frappés à Antioche sur l'Oronte de Caracalla à Philippe fils. TB et AB.

467 Grands, moyens et petits bronzes impériaux frappés à Bérytus. Soixante-douze pièces.

468 Bronzes divers, autonomes et impériaux frappés à Sidon. Vingt-sept pièces.

469 Monnaie coufique en or. Division du dinar.

470 Sous ce numéro, sera vendue une très grande quantité de monnaies autonomes et impériales, principalement en bronze, non classées.

CHALON-SUR-SAÔNE, IMP. L. MARCEAU